現代俳句文庫――84

朝吹英和句集

ふらんす堂

目次

作品

収録作品

『青きサーベル』抄　一二〇句
『光の槍』抄　九五句
『夏の鏃』抄　九五句
『夏の鏃』以後　五五句

『青きサーベル』抄

遠浅の海に腕組む晩夏かな

潮の香や二の鳥居まで蟬時雨

とうすみを染め抜く海の青さかな

一棹の簞笥に余る夏の海

ゆるゆると晩夏巻き取る観覧車

二階から菜切り包丁秋澄めり

水澄むや黒曜石の鏃研ぐ

水筒の蓋取る頃の薄紅葉

噴煙の上がらぬ浅間ばつた飛ぶ

剝がれゆく時の小鉤や鰯雲

黒犀の喇叭の耳や野分来る

水臭き小半酒やばつたんこ

卓上に戦略無用とろろ汁

急くことも愛の形ぞ鶏頭花

バッハ鳴る時の完熟唐辛子

擦り切れしマタイ伝から秋の蟬

畳まれしサロメのヴェール穴まどひ

撃鉄に指のかかりし星月夜

背に受けし聖母の涙月夜茸

確然とティンパニ打たる良夜かな

預言者の透徹の眼や鶴来る

天地締む螺子の固さやななかまど

畳屋の糸引き締めよ草雲雀

見えざる手肩に重きぞ薬掘る

ゴム跳びの少女の勝ち気鬼胡桃

キーパーの股間きちきちばつたかな

勃然と小型飛行機牛蒡引く

聖体を拝領したるきりぎりす

亀沈む水の重さや暮の秋

金鶏の文箱抜けたる良夜かな

フルートの開く地平や冬薔薇

堕天使の記憶の底に木菟眠る

霜月の青鉛筆を処遇せよ

初霜や締め込み固き丹波杜氏

皇孫の生れし霜夜の杵と臼

水晶を包《くる》む天鵞絨山眠る

重奏の金管沈む冬の水

モーツァルト鳴り止みしまま毛糸編む

石炭の話となりぬ通夜の酒

幽明やピカソの青に鶴沈む

木霊なき死者の哄笑冬銀河

指呼の間にシリウス青き樹氷かな

金管の射抜く座標や枯木星

マーラーの凍てしホルンや座礁船

冬天に炙り出されし十字架《クルス》かな

星野道夫遺作写真展　五句

中天に女神の啓示犬橇《のそ》走る

金管の警告頻り狐跳ぶ

天空に打たれし王手狐啼く

審判を告げし喇叭や冬銀河

白熊の背に金色の卵立つ

初空や聴導犬の耳尖る

脚注の多き書物や御降りす

滑奏のハープに目覚む三日かな

昇魂の絵馬断きてどんど焼く

侘助や天地無用の楽器出づ

深層に脂粉の匂ふ炭火かな

凍雲の底の厚さや獅子眠る

行列を浮かせ沈ませ柚子湯かな

騙し絵の階段下りる冬の蜂

寸鉄の刺さりしままのふぐと汁

白菜や小さく泣いて蹲る

補助線を炙り出したる榾火かな

調律の単音高し深雪晴

煮凝の底に浮かびし仮面かな

言の葉の亀裂に立ちぬ冬の虹

泉門に鼠伏の侏儒や涅槃西風

渋染めの固き帯締め光悦忌

背表紙の金箔掠れ蝶生まる

春蝶と左右に別れし男坂

ピッコロに金のイニシャル風光る

亀鳴くやトランペットに弱音器

大の字に微分積分春の空

同窓の軌跡違ふや桃の花

戦列を離れし後の蜆汁

八重櫻首枷ひとつ空いてをり

海鳴りの尼僧院まで黄水仙

種浸す水やはらかく眠りけり

背表紙の糸の緊りや濃山吹

漏刻に潜む絡繰蜥蜴出づ

天網の粗密訝るがうなかな

武勲なき銃身濡らす花の雨

天鏡の亀裂を抜けし初燕

ヴィオロンの幽けき震へ三葉芹

逡巡を重ねし春の水準器

罷り出る太郎冠者から陽炎へり

セロ抱ふ少女の髪や雲雀東風

春宵の広げし海図喇叭鳴る

山笑ふ目抜けの広き土俗面

ヴィーナスの螺旋を滑る昼の虻

獅子王の信管外す春の蜂

束の間の衛士の微睡み青葡萄

天上に休止符ありし未草

遠雷や銀器に黒き楔文字

滴りや造り酒屋に時まろむ

水貝や端座崩さぬ男帯

染め抜きの一文字眩しラムネ抜く

梅雨鯰玉かんざしを咥へけり

榛名湖や墨一筆に梅雨戻る

六月の千枚通し湖を刺す

ハイドンのアレグロ走る梅雨晴間

香港返還（平成九年）

九龍に回帰の龍や大花火

断章のセピアに透けし遠花火

吊るされて音なき鼓蛇交む

神託は天の剣ぞ守宮鳴く

先帝の杖音聞こゆ夏野かな

聖堂に青きサーベル巴里祭

夏蝶の潜めし息や聖骸布

茉莉花の散り込む空《から》の王《み》座《くら》かな

焼玉の焦げし匂ひや雲の峰

旅籠屋に如意棒忘る大暑かな

アポロンの射抜く大地や蟻の塔

白犀を炙り出したる劫暑かな

手花火や難儀話の途切れたる

終点に持ち越す話竹煮草

炎昼のトロンボーンの欠伸かな

草田男忌車軸の雨となりにけり

落剝のチェロ響きをり夏館

左翼手の背走越しに夏果てる

彫像となりし少年夏逝けり

散骨の野に一本の捕虫網

遠き日へ降りる階段蟬時雨　『光の槍』抄

ひたすらに去りゆくものや海酸漿

海鳴りの転調近き晩夏かな

隠れ家に忘れし時間蛇の衣

鋟を打ち込む音や夜の秋

投錨の音に目覚めし今朝の秋

風待ちのグライダーまで秋の蝶

水澄むや殺意潜めしピアノ線

一枚の螺鈿を咥へ鶴渡る

銀木犀零れし夢の余白かな

とんばうの眼に悲しみよこんにちは

秋虹の溶けゆく彼方サガン逝く

棍棒を洗ひ上げたる秋の水

乳暈の青きサロメや二日月

フーコーの振子の揺れや穴惑ひ

狂王に金の足枷黍嵐

潔く船去る矜恃露の玉

ゼロ四つ並びし紙幣きりぎりす

桐一葉居住まひ正し飯を食ふ

青北風や第二象限透きとほる

恐竜の卵を統べし星月夜

フルートの中へ消えたる流れ星

燭台を燈してゆきぬ秋の蜂

くるぶしに海の音聞く十三夜

後の月ガラスの涙零しけり

霜月のネガより起こす時間かな

風花や一音欠けし自鳴琴

霜晴れの野をアレグロの弦走る

金管の口を封ぜし大海鼠

人参の芯の固さや儀仗兵

帰り花柱の傷の低きこと

船長の黒衣へ投げよ冬薔薇

蒼ざめし兎を抱く聖少女

煌めくはゼウスの槍ぞ氷面鏡

脱力のバッハ沈みし柚子湯かな

湯冷めしてコントラバスに抱かれをり

石庭に亀の足音初時雨

短冊のまことと真白や去年今年

青銅の巨人の楯や初明り

鳥総松斗酒なほ辞さぬ家系かな

冬麗や由緒正しき金平糖

七位より上に上がれぬ鼬かな

冬の星獅子の孤愁を思ひけり

水仙や禰宜の沓から水蒸気

息の根を止めるつもりの氷柱かな

書き写す聖書の言葉梅真白

ひと振りの塩の力や光悦忌

殉教の地より流れし雪解水

右肩に残る違和感三鬼の忌

一面のロ短調から蝶生る

三乗の陽の煌きや蛙鳴く

ゴム管を鳴らす少年春はじめ

金杯に満たすシャンパン小米花

梅東風や吊りもの多き玩具店

陽炎の界面滑る棺かな

花冷えや聖杯騎士の槍長し

惑星と釣り合ふ重さ花万朶

肋骨に始まる春の愁ひかな

クロノスの鎌煌くやリラの冷え

永き日の水の廻廊ボレロ鳴る

吾もまた地に還るもの草青む

種芋と睨み合ひなどするものか

渾身のカラヤン青き蜥蜴出づ

五線譜を零れし音符鳥交る

引き潮に遠き囀り真砂女逝く

ハーケンを打ち込む音や聖五月

麦秋の対角線の勁さかな

夏燕王妃の胸を掠めけり

埴輪土器パンフォーカスの五月来る

降り注ぐラヴェルの和音新樹光

麦秋のガラスの靴でありにけり

筍を掘りて始まる受難かな

短夜の海の底まで二進法

サルトルの蒼き横顔熱帯魚

中庭の噴水高き枢密院

仲見世の裏側赤き梅雨入りかな

未登記の梅雨の鯰でありにけり

蒼ざめて叩く木琴明易し

斜めから近づく女枇杷揺るる

マルクスもニーチェも棚に鰻食ぶ

終りから始まる話青葉木菟

銀箔の剝がれし聖書薔薇の雨

夏暁やカミオカンデに犀沈む

出羽三山切り結びては夏燕

先駆者よ海より来れ巴里祭

薔薇廻廊光の槍に刺し抜かる

空間となりゆく時間桐の花

河骨や死者の視線を遮りぬ

埴谷氏の軋む肋骨晩夏光

駱駝には駱駝の時間雲の峰

影絵から刳り貫く時間月見草

空砲の遠き木霊や夏銀河

瓜冷やす水に映りし孤心かな

向日葵や動輪海に沈みける

機関車の率ゐて行きし晩夏かな

白骨と化すヴァイオリン月見草　『夏の鏃』抄

ダイヤルを回す記憶や夜鷹啼く

船長の青髭靡く晩夏かな

海鳴りの消しゆくものや雲の峰

逝く夏や啓示秘めたる蠍の火

海底に沈むシンバル原爆忌

小太鼓にボレロのリズム秋澄めり

糸口を芒ヶ原に探しけり

磨かれし螺鈿の文箱鶴来る

秋の蝶献花の列を横切れり

馬の眼に潜みし寓意星月夜

狐目の女と出逢ふ無月かな

銀漢や象嵌深き書見台

後宮を出たる柩車銀河濃し

フェルメールその青深き十三夜

一線は越えゆくものぞいぼむしり

ゲルニカの対角線を猪走る

鳥渡る虚空みかへり阿彌陀かな

石庭に沈む十字架鷹渡る

耳に住む遠き海鳴り鰯雲

交はらぬ男女の視線木の實降る

マーラーの樹海に秋の夕焼かな

緩やかに傾くハープ望の月

宵闇や永訣告げしホルン鳴る

家系図の掠れし余白ちちろ鳴く

ファゴットの半音低き霜夜かな

星図より引き抜く槍や冬の海

冬銀河ガラスの棺流しけり

星雲のことなどしばし暖炉燃ゆ

点と線炙り出したる炭火かな

埋火や蓋棺録の縁蒼し

大海鼠硯の海に溺れけり

先頭を任されてゐる冬の蜂

シンバルの無聊遥かに山眠る

冬銀河零れて石の華開く

ソクラテス・カント・ヘーゲル炭熾きる

先達の消ゆる枯野や龍頭巻く

ストーブを囲みし髭の白さかな

冬麗や時間泥棒縛り上ぐ

尖塔に猫の使者来る年の暮

初明り鎧鼠を刺し抜けり

益荒男の楚にして素なり初比叡

消壺に取り込む冬の夕焼かな

不死鳥の寝息を包む霧氷林

担保なきわが身ひとつや冬の水

命名の墨の香立つや四温光

フルートの麗人春の使者ならむ

蒼ざめし馬の嘶き謝肉祭

海光や白梅香る潮音堂

沈酔の果て花烏賊に抱かれをり

香合の蓋の緩みや遅櫻
瞑想のチェロの森より春の鹿
花の雨ティアラを濡らす泪かな
四つ折の手紙開きし花月夜
それぞれにひと背負ふものの花万朶

恩師みな天上のひと辛夷咲く

三本のホルンに春の虹立ちぬ

春陰の奈落に軋むチューバかな

四不像の股間撫したる雲雀東風

牧童の笛の音遠き遅日かな

春愁や獏に喰はれし夢の縁

木の芽雨空想の地図開きをり

焚き染めし印度の香や猫の恋

蓮華座を離れし春の容《かたち》かな

荊冠の一光点や揚雲雀

先陣を切りしフルート聖五月

ホルン玲瓏立夏の海を直視せよ

五月闇吸ひ込むチェロの勁さかな

母の日や老犬の背さすりつつ

噴水の頂にこそ未来形

追悼　白井風人氏

風となる人の面影紫蘭咲く

六月や水に和みしシャンデリア

受付に梅雨の鯰の来てをりぬ

短夜の内耳に潜む死のトリル

薔薇真紅トランペットの高鳴れり

サックスに抱かれし女明易し

金管の包囲を抜けし金亀子

夏銀河ショパンの闇に沈みけり

モヒートのグラス重ねし巴里祭

ヴィオラ立つ潮目遥かに雲の峰

とうすみの翅に透けたる少女の死

鮎掛けや往きて還らぬもののこと

ひとしきりアラスカのこと星涼し

千一夜過ぎし朝の蟬の殻

革命の死者に手向けよクレマチス

追悼　辻邦生

短夜や空《から》の王《み》座《くら》に衣の音

赤き糸疾うに途切れし泥鱒鍋

光陰の影濃きところ水を打つ

偶像を砕きし夏の鏃かな

夏銀河石の舞台に王妃立つ

二重線増えし名簿や土用波

夏帽子高く掲げし別れかな

オーボエの休止符長き晩夏かな

向日葵や死は垂直に降り来たる

終止符の形に夏の渦深む

夏兆す少女の胸に微電流

『夏の鏃』以後

疾走のヴィオラに目覚む聖五月

電球に和紙の調光多佳子の忌

山茂る坂城に発泡ワインかな

草いきれクルスに軋む釘の音

月蝕や夜の噴水自爆せり

逆縁の連鎖数多や南吹く

亜剌比亜の媚薬の匂ひ遠花火

船頭はショパンでありし昼寝かな

尺八の一音成仏枇杷熟るる

地底湖にチューバの呻き青葉騒

夏銀河足裏に砂丘踏み締めて

黒猫と水鉄砲の狭間かな

レディー・ガガの靴の紛れし大花野

もののけを両断したる良夜かな

末枯やゴッホの燃やす日の沈む

死角なきレーダー射抜く秋陽かな

骸骨の軋むロンドや銀河濃し

黒帯の少女の蹴りや天高し

ソムリエの銀の小皿に秋気満つ

露草に夢の続きを託しけり

十月の修正液の白さかな

木鶏と並びし木偶や星月夜

枯野より眠れるチェロを抱き起こす

額縁の首枷抜けし冬の蛇

山猫の瞳に映る神の旅

不機嫌な少女の眉間水涸るる

ハバネラに絡め取られし冬の蜂

木枯や砂時計より死の匂ひ

銀泥に沈む弔鐘夜鷹蕎麦

永訣と知らず囲みしおでんかな

ティンパニに潜みし狂気月凍る

角材の切口香る年の暮れ

果てしなき死者の点呼や虎落笛

寒満月喪服のピエロ佇めり

雪しまき喪のひとに添ふ秋田犬

酢海鼠や死者と一献交はしける

芯固き製図鉛筆青氷柱

合格の絵馬の断き梅香る

狂犬の骨拾ひゆく焼野原

ファックスの告げし友の訃雛の夜

大川に江戸の残り香遅櫻

神楽坂振り合ふ袖や飛花落花

暗号を解読したる鮭五郎

木蓮のひとひら重き訃報かな

追悼　磯貝碧蹄館

握る手の永遠の温もり花月夜

言の葉を包む光彩初雲雀

暁闇の天球儀よりつばくらめ

弔問の途切れし櫻吹雪かな

温度差を確かめてゐる浅蜊かな

死神と踊るワルツや白夜宮

花街の傾ぐ板塀晩夏かな

猫の頭を戴く女神晩夏光

海鳴りの彼方の母やかき氷

夏銀河独り残りし太郎冠者

エッセイ

論考・草田男の詩精神継承を目指して

「碧蹄館は、わ〜たしの息子で〜す」

　磯貝碧蹄館の第六回「俳人協会賞」受賞祝賀会における中村草田男の祝辞の一節である。

　草田男六十六歳、二十三歳年下の碧蹄館四十三歳の時であった（昭和四十二年）。

　二十三歳の頃、風呂敷に包んだ二千六百句を携えて川柳大会に参加し、二百三十句の入選作の内四十八句を独占して川柳界を驚かせた碧蹄館は、同時期に感動主義俳句の萩原蘿月《らげつ》、内田南草《なんそう》両氏に師事して自由律の俳句を始めたものの、より内なるものを追究する俳句に憧れ、二十八歳の時草田男の「萬緑」に入会した（昭和二十七年）。

　南瓜煮てやろ泣く子へ父の拳やろ

　賀状完配われ日輪に相對す

　現在《いま》も稚拙な愛なり氷菓を木の匙《さじ》に

　昭和三十五年、「与へられたる現在に」で第六回「角川俳句賞」を受賞。草田男が「童心と生活上の荒武者との双方を兼ね備えた向日性の詩身」と評した如く当時の俳句は郵便局員としての仕事や家族など日常の生活を詠ったものが中心であった。

　梅雨の湯の滝南無お父さんおかあさん

　合歓咲くやつかみどこなき父の愛

　眼を閉ぢて母の眼流る冬の水

　幼少の頃に相次いで父母と生き別れ、四歳で母の姉に引き取られて育った碧蹄館の父母に対する哀惜の想いは生涯を通して通奏低音の如く響いている。

　相次ぐ俳句賞受賞に引き続き昭和四十三年には第十五回「萬緑賞」を受賞し外部俳人との交流も増えて来た碧蹄館は、贈呈された句集の短評や自作の俳句を入れた

「碧蹄館個人誌」を発行したいと草田男に願い出た。
「碧さん、おやりなさい。萬緑としても応援するから」との答えを期待していたが、意に反して草田男は「支部の句会報なのか、そんな事をする必要があるのか」と質された。
「句会報とは別に個人としてやりたい」と答えた碧蹄館は「やるのは勝手だが萬緑としてはそういうものはやってもらいたくない」と草田男に拒絶され、「やるのなら萬緑をやめるしかない」と言われたという。
「萬緑」に籍を置きながら外部の俳人とも交流して勉強したいと言う切なる気持は結社の求心力を重視する師には通じなかったと述懐している。「萬緑から一人も連れてゆかない事」という草田男との約束を守り、碧蹄館は昭和四十九年三月「愛・夢・笑い」を標旗として「握手」を創刊した。

草田男師のもとを離る
窮鼠一匹跳びあがるべく草萌ゆる
吾が罪は百叩きほど金鳳華

昭和四十九年三月「握手」を創刊
一誌百人手は握るべく春の雪

二十年余に亘り師と仰ぎ、「私の息子です」と身に余る言葉まで賜った俳句の父である草田男と別れ、内心忸怩たる思いで独立を果たした碧蹄館の複雑な心境が反映された句である。

元日の猫の内股歩きかな
愛は楕円に秋の女と飛行船
三島忌の赤きを愛す馬の鞍
棺中の手に握らせよ冬ざくら

家族愛に始まり、全ての存在に対する慈愛の眼差しに溢れた句も多い。

蟻の時間鰾膠《にべ》なき水の時間かな
銀化する貝のまどろみ花氷
鐵骨を組む白桃の内部かな

人焼かる火を起點とし鳥渡る

ムソルグスキーの「禿山の一夜」を聴く
打ちて開くシンバル秋は死なざるべし
鳥貝と夜間金庫へ傘泳がす

吸入・圧縮・爆発・排気の連続運動による碧蹄館のエンジンが唸りを上げて全開する。「異物衝撃」から生じる衝撃波は読み手を豊饒な詩的異空間へと誘う。

「草田男門として出発した句作家らしく、言葉遣いはすこぶる『実』に富んでいるが、想は『虚』と『俳』と『諧』とをひたすら志向する。句柄はやや重いが、軽やかに、自在に空高く翔び立とうとする強い意図を秘めている」（山本健吉／第三句集『生還』の帯文）

死者の語を積み重ねては今日の月
死神の獨語を打ちし添水かな
南吹くわが一片の水葬音
右手右眼が利き絶海の松の花
泉を一枚剝がして歸る此岸かな

蜘蛛膜下出血（五十三歳）、脳梗塞（七十二歳）、心臓病（八十一歳）と三度に亘り冥界を垣間見ながらも生還を果たした碧蹄館の強烈な実在感を伴った死への思いと、生還の喜びに貫かれた句に漲る強い意志こそ、「永遠の中の今」（草田男）を常に自覚して俳句に結晶せしめんとした作者の矜持であろう。

母の日の水中に皿滑走す
眼奥を溫むるべき葛湯かな
扼殺の聲を漏らさぬ海市かな
外套を脱ぐバルザック富士が立つ
筆にたつぷり墨つけてから天の川
冬銀河犀は一頭のみ立てり

「自己の根底に哲学・思想を持て」・「魂を串刺しにして遊ぶ」・「季語が一句の中で生命を持っているか」・「独善を排し、対象とその向こうに存在するものを追究する」――表層的な俳句、写生に終始し詩心の希薄な俳句に対して厳しかった碧蹄館が作句の基盤とした精神は草田男の俳句観を継承するものであり、掲句はその具現化された一例である。

碧蹄館は生涯に『握手』『神のくるぶし』『生還』『花粉童子』『猫神』『道化』『絶海』『眼奥』『馬頭琴』『未哭微笑』と十冊の句集を上梓したが、第十句集以降約七年間の俳句は没後に『遺句集』としてまとめられた。

中村草田男師逝く

銀漢や詩の耕作者潜りゆく

草田男忌天に鐵道草の生ゆ

十字架《クルス》・鐵槌・沈菜《キムチ》は辛き草田男忌

「師系は無言の鏡だ。外側の実景を厳しく写す。内側の光陰を独自なものとして高めていく」（碧蹄館）

終生変わる事なく草田男を敬愛した碧蹄館は草田男の息子として独自の道を歩み草田男の詩精神継承にその生涯を捧げた。（「俳句界」平成二十七年四月号より転載）

磯貝碧蹄館の時間

一、巡る時間／存在への透徹した眼差し

天井に吊るヴァイオリン山眠る　碧蹄館

初冬の柔らかな微光に包まれたヴァイオリン工房の一室。丹念にニスを塗られて乾燥中のヴァイオリンが天井から吊るされ、楽器としての完成を待っている。時は十七世紀、イタリアはクレモナのストラディヴァリ家なのか、はたまた信州の山間の小さな工房かも知れない。窓の外に目を転じると、微光の彼方には薄墨の如き淡彩に包まれて鎮もる山の姿が見える。来たるべき時に備えて静かに熟成する時間。

春山澹冶而如笑
夏山蒼翠而欲滴
秋山明浄而如粧
冬山惨淡而如睡　（宋・郭煕「臥遊録」）

四季の律動の中で繰り返される山の変容。笑いに満ち、滴るが如き青緑色に染まった山。燃え盛る夏の精気は何時しか減衰し、澄み切った秋空の下で鮮やかな階調の綾に転換、次第にくすんだ色調の中に沈み込みつつ穏やかな眠りに入る。やがて巡り来る春の目覚めに備えるために。

「山眠る」の季語が「山笑ふ」、「山滴る」、「山粧ふ」と同じ文献に由来する事からも「巡る時間」を本意として内包している事は明らかである。

楓、黒檀、蝦夷松等の木を素材として作られるヴァイオリンが紡ぎ出す音には恰も山の精が潜んでいるように思われる。優美なフォルムに張られた四本の弦が開く世界は「楽器の女王」と呼ばれるに相応しく多彩かつ豊饒である。

或る時は熟成する時と思索の深まりが重層するバッハの森を逍遥し、小川のせせらぎに煌めく陽光のような躍動感溢れるモーツァルトの花野に遊び、また宇宙の鳴動のように雄大なブルックナーの世界を開くトレモロを奏で、ショスタコーヴィチの冥想の闇に沈潜するヴァイオリンの響き。

楽興の時に備えて只管眠るヴァイオリンと遥かなる冬山との密やかな交響。掲句には演奏の始る直前の時空に漲る緊張にも似た凜然たる気の中に「万物流転」に繋がる悠久の時の流れが感じられる。

雲の峰いくつ崩れて月の山　芭蕉

夏空に湧き上がる積乱雲。青々とした山並の稜線を越えて、また大海原の水平線の彼方に屹立する雄大な雲の峰は逞しい生命力の象徴であり、季語としての「雲の峰」には生生流転を繰返す輪廻転生の意味も内包されている。

海抜千九百八十メートル、芭蕉が生涯に極めた最高峰であった月山は信仰の山として有名であり、死霊の集結する霊地でもあるが、月山神社の祭神「月読命」は潮の干満にも与る神であると言う。古来、万物のエネルギーの根源である太陽や潮の干満とも連動した月の満ち欠けに人間は畏敬の念を抱き、様々な民族が信仰の対象として崇めて来た。

死を覚悟しての奥の細道行で芭蕉の心を強く捉えたものは輝ける生の象徴（青葉光、蟬の声）と生を隈取り通奏低音の如く心の奥底で鳴り響く死の影（兵どもが夢の跡、甲の下のきりぎりす）であった。盛夏の天空で繰返される積乱雲の生成はやがて激しい雷雨となって地上を襲う。

乾燥し疲弊した大地を覚醒させ、洗い潤して動植物に恵みの水を与える雷に洋の東西を問わず人々は神が宿る姿を見た。生を象徴する上五「雲の峰」と、死の象徴である下五「月の山」とを連結する中七の「いくつ崩れて」に込められた詠嘆は生の無常と輪廻転生の本質を鋭く抉っており、掲句の生命であると同時に時空転位を齎すディファレンシャルギアの機能を果たしている。

夏の月に照らされて聳える懐深い月山。その幽玄な姿を前にして芭蕉の五官が掬い取ったもの、それは生と死の重層的循環とそれらを包み込む宇宙と自我の合一感ではなかったか。月明の中、月山を前に無常を感じた芭蕉は次なる地で遭遇した落日の中に生命の象徴である太陽の死と再生を実感した。

暑き日を海に入れたり最上川　　芭蕉

そして生の軌跡が集積された終着点として漆黒の闇に輝く銀河を仰ぎつつ「奥の細道行」の頂点を極めたのである。月から太陽へ、そして星へと永遠に巡る時間。

荒海や佐渡に横たふ天の河　　芭蕉

「動」と「静」、「明」と「暗」、「虚」と「実」、「生」と「死」、対極世界の対峙とその重層的交響は芭蕉と碧蹄館俳句に共通する特徴であり、生成・発展・増殖・転位・滅衰・回帰の中に成就するブルックナーの交響曲の円環的時間とも通底する世界の広がりがある。

津軽満月獅子吼は海の彼方なる　碧蹄館
よく見れば薺花咲く垣根かな　芭蕉
蟻の時間鰾膠なき水の時間かな　碧蹄館

小さな存在にも等しく宿る生命。目を凝らし耳を澄ませる瞬間に感知される宇宙との交歓。宇宙的マクロの世界から日常的ミクロの世界を網羅する多角的な視座と振幅の大きさも芭蕉と碧蹄館の魅力である。

「イメージは空間の所産では無く、現実を母胎としている。従って、イメージはことばによって鍛えあげられるのだ」（武満徹「不可視の空間」）

常に併存する複眼的巨視と微視を通して鍛えられた言葉が紡ぎ出す存在の多重構造。存在の始原に向けられた透徹した眼差しが詩的に昇華され「巡る時間」に結晶する。

二、発光する時間／存在への慈しみ

萬緑の中や吾子の歯生え初むる　草田男

碧蹄館を語る時、師である中村草田男の俳句に触れない訳には行かない。存在への慈しみと熱き思いが自然の活力との交歓によって見事に結晶している掲句には夏に向かってクレッシェンドする生命のエネルギーが横溢している。

現在《いま》も稚拙な愛なり氷菓を木の匙《さじ》に　碧蹄館
南瓜煮てやろ泣く子へ父の拳やろ　碧蹄館

最愛の妻子への思い。その真情吐露と武骨なまでの愛情表現が心を打つ。出会いと別れの連続した人生、さればこそ掛け替えのない家族の絆の深さ。存在への慈しみの眼差しこそ、草田男と碧蹄館に通底する人間性の証であろう。流れ去る時間の中に打ち込む愛の楔が眩しく光る。

銀化する貝のまどろみ花氷　碧蹄館

微睡みつつゆっくりと永遠の安息へと銀化する貝に花氷を贈る碧蹄館の慈愛に溢れた心。銀化する時間と、いずれは水に還る花氷の時間。交錯するベクトルの交点から広がる虚実相俟った空想的な世界。沈黙の中で時の錘が螺旋的に下降する。只管に沈む時間が美しく発光する。

妹の嫁ぎて四月永かりき　草田男
いもうとに蟷螂の血や碧き髪　碧蹄館

実感そのものの草田男句とは異なり、妹のいなかった碧蹄館の句には見果てぬ妹への憧憬と有機的な肉体感を持たぬ浮遊感に包まれた幻想的な妖しさが冷たく澄んだ抒情に結実している。

賀状完配井戸から生きた水を呑む　碧蹄館
賀状完配われ日輪に相對す　碧蹄館

様々な人々の思いが託された年賀状を元日に無事配達し終えた達成感と安堵感。上五の破調は「完配」と言う切れ味鋭い語感によって力強いリズムを付与され、中七から下五にかけての現実感溢れる措辞との相乗により責任を全うした職業の倫理と矜持が生の躍動感を伴って直截に伝わって来る。

天高し眉間をまもる郵便帽　碧蹄館

季語に込められた本意と象徴性を重視し、内なる「第二世界」を見据える草田男の美意識は確と碧蹄館に継承されている。「童心」と「生活上の荒武者」を兼ね備えた「向日性の詩身」と草田男に評された碧蹄館の存在への慈しみが「輝やかしい生の讃歌」となって開花している。

「与へられたる現在に」（昭和三十五年・第六回角川俳句賞受賞作品）こそ、現在を受容して直向に生きる碧蹄館の創造の原点であり、今日に至るまでその精神は脈々と貫かれている。人々が行き交う雑踏を愛し、「この世の中で無駄なものは何一つない」と言う碧蹄館のあらゆる存在に対する飽くなき関心と好奇心の強さ、慈愛の深さに打たれる。
存在への慈しみが「発光する時間」となって輝き、弾ける。

三、屹立する時間／いと高きものへの志向

列柱・ハープ・主の血の管《くだ》を冬の月　碧蹄館

時の流れに楔を打ち込み、いと高きもの・永遠なるものを志向する精神が屹立する格調高き時空を構築する。「列柱」・「ハープ」・「主の血の管」に象徴される精神の垂直性と澄明な「冬の月」に収斂する透徹した審美眼こそ、「流失する時間」を「見出された時間」に変換するものである。
葬礼に始まり甦りを希求する生と死の循環の弧が描くドラマをテーマとするマーラーの交響曲第二番「復活」の演奏に触発されて誕生した掲句に漲る凛然たる格調。抜き差しならぬ言葉の選択と彫琢された詩型が精緻で格調の高い俳句に結焦している。

雪吊や途中で消えし子守唄　碧蹄館
一人だけ死ぬ冬空の観覧車　碧蹄館

精神の高みを志向する碧蹄館の強い意思と眼差しは天空に向けられている。眼前に立ち現れた雪吊りの幾何学的均衡の美しさ。先程まで聞こえていた子守唄は何時しか消え去り、円錐の指し示す虚空から雪が舞い落ちて来る。慈愛の象徴である子守唄の消滅が示唆するもの。一回りして元に戻る筈の観覧車、青ざめた冬空に容赦なく召される生命。表裏一体の生と死、冷たい光りの中で永遠を求める精神が輝く。

十字架に子の立てかけし捕虫網　碧蹄館

夢中で虫を追いかける子供達。その歓声も遠ざかり、ふと気が付けば捕虫網が十字架に立て掛けられたままに残っていた。三句に共通する沈黙の支配する世界は碧蹄館の孤高の精神の象徴であり、読み手の心を遥かなる高みへと誘う。

白くなりたい石の願望雪降れり　　碧蹄館

意表を衝く「白くなりたい」の鮮烈な切り込みと石に秘められた幽かな声を聞き取り、その意思を解放する存在に対する慈しみの心は、「第一発見者たれ」との草田男精神の具現化であり、時間を貫いて屹立する精神の垂直性の象徴である。

羨道や火を担ひゆくかたつむり　　碧蹄館
白日の蝶透きとほる欣求かな　　碧蹄館
うぐひすや海に出でたる神楽堂　　碧蹄館

静謐な時間の中で粛然と営まれる生命の神秘。内なるものの充実こそ人間の存在価値を高めるものである。落下する時の重力に抗い、いと高きものを志し内側から時を支える人間の意思は自然や生命と交歓し、「屹立する時間」となって精神の城を築く。

四、転位する時間／異次元への飛翔

鳥貝と夜間金庫へ傘泳がす　　碧蹄館
石船に喜歌劇積まる夏の月　　碧蹄館
盗聴の耳ぴかぴかに黄金虫　　碧蹄館

暗喩の深海を自在に泳ぐ鳥貝の句。過去・現在・未来の時間と時空を超えた重層的共時性の中で展開される石船の句。諧謔の世界に遊ぶ黄金虫の句。草田男から継承しつつ師をも凌駕する雄渾な想像力。二物衝撃を超えた多次元的世界での衝撃と発光は碧蹄館の独擅場であり、内包された時間軸と象徴性の高さゆえの難解を解く鍵は言霊の力である。

啜り泣く浅蜊のために灯を消せよ　　碧蹄館

素泊りの海酸漿を鳴らせとよ　碧蹄館
檳榔樹と裸婦擦りかはる夏日かな　碧蹄館
乳首摘む現の証拠の花を摘む　碧蹄館

エロスの槍は煌めきながらゆっくりと回転し、やがて冥想の海底に沈む。言葉の喚起する世界に明滅する光芒。

鐵骨を組む白桃の内部かな　碧蹄館

時の経過と共に熟成しやがて腐敗する白桃。その内部に鉄骨を組み上げると言う予定調和を排除した大胆な詩情。非情な鉄骨の匂いと白桃に潜在するエロスの香りの交響が幻影のように立ち上がる。黒と白の鮮明な対比構造の中に浮かぶ赤い桃の実。デジタル的明晰性と清冽な抒情との対位、目に見えないものを見ようとする碧蹄館の美意識が鮮烈である。

三月の犀を石切場に放つ　碧蹄館
人燒かる火を起點とし鳥渡る　碧蹄館

十七文字の中に凝縮された言葉の配列はデジタルカメラの画像圧縮技術の如き豊富な情報量を秘め、重層的喚起力を内蔵する。

十字架《クルス》・鐵槌・沈菜《キムチ》は辛き草田男忌　碧蹄館

吸入・圧縮・爆発・排気を繰返す碧蹄館のエンジンは言葉に蓄積されたエネルギーを相互に干渉させ、求心力と遠心力の鬩ぎ合いの中で空想力が爆発する。異次元へのダイナミックな飛翔が「転位する時間」を齎す。

五、開かれた時間／精神の自由と解放

この秋は何で年よる雲に鳥　芭蕉
玫瑰や今も沖には未来あり　草田男
貝殻の釦目覚めし巴里祭　碧蹄館

来し方と行く末、時間の継起に生生流転する現在。歴史的な存在を踏まえつつ、未来に向かって開かれた時間。日常にありながら瞬時に非日常の世界に回転して入り込む「祭」の時空。展望と予感に震えながら変質する時間。「巴里祭」に内在する歴史の翳が貝殻の釦によって明るく祝祭的な時空へと転換している。

「雲」と「鳥」、「玫瑰」と「沖」、「貝殻」と「巴里祭」が象徴する「自由」と「無名性」の中に瞬間を永遠に転化せしめた鋭敏な時間感覚と豊かな感性がある。耳を澄ませば、モンゴルの草原の彼方から白い馬の蹄の音と少年スーホの奏でる「馬頭琴」の響きが聞こえて来る。

銀漢や愛ちりばむよ馬頭琴　碧蹄館

鋭い時間感覚と構造に対する明晰な意思、自在な精神の躍動と新しい地平を見晴るかす開放性が齎す生命感こそ、古今の優れた芸術作品に共通する特徴であり、現在を透明で香気に満ちた時間で包み込む。巡り来て流れる時は生の輝きに充たされて発光し、精神の高みを目指して屹立し、冥想の淵へ転位し、開かれた時空の彼方へと流れて行く。

「こころが開いているときだけ
この世は美しい」（ゲーテ「格言詩」）

昭和四十九年三月、「愛」・「夢」・「笑い」を標旗として「握手」は創刊された。

一誌百人手は握るべく春の雪　碧蹄館

（「握手」平成十六年三月号より転載）

解説

真夏の戦士
―俳句表現による新たな叙事詩―

長嶺千晶

「青きサーベルを携えた騎士でありたい」

第一句集『青きサーベル』のあとがきに、私はときめきを覚えた。非道がまかり通る現代にあって、唯一の淑女《レディー》に仕え、命を懸けて護りぬく、そんな騎士のイメージに清心な志が感じられ、俳人にもこんな方がいるのだと感嘆したものである。折しも、オーケストラの生演奏を聴きつつ句作をする句会で初めてお目にかかることができた。爾来十五年を経たが、氏の風貌は変わらず、その誠実さに私は全幅の信頼を置いている。氏が「騎士」であることは一目瞭然であろう。

まず、特徴的な数多くの音楽の俳句から、特に「金管」をモチーフにした句を取り上げよう。オーケストレーションでの「金管」は、トランペット、トロンボーン等の金色に輝く楽器をさす。また、ジャズなどではサックスなど、汗の飛び散る激しい演奏やその力強い響きを思い浮かべることができる。もともと、父君は木琴奏者として日本の草分け的な存在でいらしたので、氏は幼少時よりクラシック音楽に慣れ親しみ、その楽器の音色や特有の響きから、即座にイメージを映像化し、言葉に置き換えることができるという感受性に恵まれている。一連の音楽の句の豊かな物語性は、そんな資質の賜物といえよう。

重奏の金管沈む冬の水　『青きサーベル』
金管の射抜く座標や枯木星　『同』
金管の警告頻り狐跳ぶ　『同』

まず、〈重奏の金管沈む〉は葬送のファンファーレのようであり、さらに次の〈射抜く座標〉で、「座標」によって象徴される世界というものの在り方へ「金管」が批判的な響きを発し〈枯木星〉が森閑とした寒さを告げる。次の〈警告頻り〉での「金管」の屹立した響きは、義を貫こうとする神の怒りによる現世への警鐘と思われる。この句に続く〈審判を告げし喇叭や冬銀河〉では、ヨハネの黙示録の世界が描かれる。この「喇叭」は天使の吹く七つの喇叭で、これにより、この世にあらゆる災いが起こり世界の終末が促される。「金管」を神の義と読みとるとき、句集全体に、寓意的な世界が展開してゆく。

金管の口を封ぜし大海鼠　『光の槍』
金管の包囲を抜けし金亀子　『夏の鏃』

しかし、次句集以後、この世の悪の反逆は、悪を寓意化させた「大海鼠」「金亀子」の登場で、天の警告にもかかわらず浄化されることのない現実が暗示されていく。本来は季語である「大海鼠」「金亀子」だが、氏の「季語」の配合の仕方には独特な美学が感じとれる。眼前の自然から啓発される伝統的な「季題」による発想ではなく、寓意性を附与するための「季語」の斡旋法である。確かに自由な配合になるので、季語としての季感を備えているのかは問題とされるだろう。磯貝碧蹄館主宰の「握手」誌で長年、編集長を務められたので、この季語の配合法には碧蹄館師の影響もあるのだろう。これが、氏の俳句表現を特徴づけるひとつの要素となっている。

次に、表題となった句を句集ごとに見ていきたい。

聖堂に青きサーベル巴里祭　『青きサーベル』
薔薇廻廊光の槍に刺し抜かる　『光の槍』
偶像を砕きし夏の鏃かな　『夏の鏃』

「青きサーベル」の句の季語は「巴里祭」。フランスの革命記念日であるこの七月十四日は、市民階級が平和を勝ち取った日で、今でもパリでは共和国の象徴である三色旗が窓々から靡き、国民のアイデンティティを確認する特別な一日となっている。また、「聖堂」はフランスの国教であるカトリックの御堂をさす。

「光の槍」は「薔薇廻廊」を貫くが、薔薇もフランスを象徴する花で、「廻廊」は修道院などの中庭に面して、そこを巡りつつ黙想や祈りを捧げる場である。これにつづく〈花冷えや聖杯騎士の槍長し〉〈クロノスの鎌煌くやリラの冷え〉の「聖杯の騎士」は中世の騎士物語に根ざし、「クロノスの鎌」は時を刈る鎌でギリシア神話に基づいている。聖書を下敷きにキリスト教的な「神」の存在と、フランスという国そのものがモチーフになっていることがよくわかる。氏は西洋でも特にフランス文学への造詣が深いが、叔母、朝吹登水子氏の影響もあるのだろう。フランソワーズ・サガンの翻訳者、サルトルとボーボワールが来日した折の通訳としても名高い方である。また、仏文学者の叔父をもつ。

さらに、「夏の鏃」は〈偶像を砕く〉が、それは偶像崇拝を忌むキリストの教えそのものであり、「鏃」という原初の武器から、無垢なる人間の善性が覗える。

特筆すべきは、この表題となった三句は「サーベル」「槍」「鏃」といずれも武器がモチーフであり、季節は「夏」である。戦うための武器と灼熱の太陽の情熱、生命力の盛んな「夏」のエネルギーこそ、氏が人類へと託す悪を打ち砕く力のシンボルなのだろうか。

「青きサーベル」の「青」は、句集を経るにしたがい「蒼」へと深まりを見せてゆく。

サルトルの蒼き横顔熱帯魚　『光の槍』

蒼ざめし馬の嘶き謝肉祭　『夏の鏃』

草いきれクルスに軋む釘の音　『夏の鏃』以後

氏の句作は、「季語」の配合法からも明らかだが、正岡子規以来の伝統である日常の哀歓を写生的に表現するものでは無いため、私小説的な要素が少ない。青きサーベルを携えた正義の騎士が世の悪を滅ぼさんと闘い抜くさまを句集全体の通奏として、俳句という表現方法で展開される一大叙事詩を目指しているのではないかと思われる。西洋文化の基盤である聖書とギリシア神話から選び抜かれた多くの言葉を駆使しつつ、黙示録的な世界を超えた、よりグローバルで新たな世界観を、この島国、日本から構築しようとする試みが朝吹英和氏の句作であり、目的なのではないかと私には推察される。ゆえに西洋の文化に根差すモチーフが随所に鏤められ、普遍であるカトリックの国フランスの、文学性、思想性までが馥郁と香りたつ。確実に終末論的世界へと向かっている現代だからこそ、この青きサーベルの騎士の勝利を祈りたい。

永遠の青い光―朝吹英和論―

松本龍子

1　朝吹俳句の特徴

朝吹英和は第一句集『青きサーベル』を二〇〇三年に出してから、二〇〇六年に第二句集『光の槍』、二〇一〇年に第三句集『夏の鏃』を刊行している。この間に俳論とでもいうべき重要なエッセイ『時空のクオリア』を二〇〇八年に書いている。そのエッセイの中で最も重要な言葉は「季語の象徴性」、「重層的交響性」、「異次元への時空転位」である。この三つの言葉は朝吹俳句の要諦といえる。

「芸術から受ける感動の根底には人間の存在を規定する時間と空間が大きく関わっていると思う。時間芸術としての音楽も、言葉によって成立する文学も、詰る所は如何に三次元の空間性を獲得するかが鍵であり、そうした時空の中に回転して入り込めた時に心からの感動を体験出来るのではないだろうか。」とエッセイの中で強調している。ここに朝吹が俳人として出発をした初期の段階において、既に詩的直観による「放心」の重要性と「時間と空間」に対する明確な意志を持っていたことを示している。

2　『青きサーベル』

句集名『青きサーベル』とは「常に自らを戒める剣を携えた精神の騎士でありたい」という朝吹自身のブランド・アイディアである。『槐庵俳語集』の中で、「俳句は精神の風景」であると説く岡井省二の心構えと同じ意味といえる。

〈季語の象徴性〉

バッハ鳴る時の完熟唐辛子

擦り切れしマタイ伝から秋の蟬

撃鉄に指のかかりし星月夜

〈重層的交響性〉

吊るされて音なき鼓蛇交む

〈異次元への時空転位〉

煮凝の底に浮かびし仮面かな

潮の香や二の鳥居まで蟬時雨

水澄むや黒曜石の鏃研ぐ

遠雷や銀器に黒き楔文字

句集から気になる句を選んでみるとやはり俳句の要諦としていた表現方法を駆使しているのが解る。

まず〈季語の象徴性〉について考察すると掲句では唐辛子、秋の蟬、星月夜という季語の喚起力を活かして独自の音楽的な世界を生み出している。中村草田男は重要なレトリックとして季語の象徴的な働きを意図していたが、師である碧蹄館も季語に込められた本意と象徴性を重視していたことから草田男、碧蹄館の衣鉢を継承するものといえるだろう。

つづいて〈重層的交響性〉についてみると俳句において、言葉に蓄積された歴史的・文化的情報と読み手の言葉に関する認識や想像力とのスパークによって想起される世界、つまり武満徹の言葉を借りると「言葉はものを正確に名指すのが本来の機能であるがそれだけではなく、なにか運動を起こすもの、つまりその言葉に接することによって人の内部に波紋というか、あるいは振動を起こすもの」でなければいけないという指摘である。

雲の峰いくつ崩れて月の山　芭蕉

銀化する貝のまどろみ花氷　碧蹄館

獅子王の信管外す春の蜂　英和

掲句を読むと「動と静」、「虚と実」、「生と死」という対極世界の同時並立と融合を芭蕉と碧蹄館に共通する特徴として摑み取ったことが解る。特に言葉の配列について碧蹄館とは異なる、独自イメージの二重構造と重層性の曖昧さを感じる。

さらに〈異次元への時空転位〉については「切れ」こそが異次元の空間への転位を促す発条の役割を果たしていると指摘している。

遠浅の海に腕組む晩夏かな

掲句は繰り返す波のリズムに無意識に呼吸を合わせながら「遠い生命記憶」と「魂の故郷」を見ている作者の心の世界。折口信夫のエッセイ『ほうとする話』にある身体的な恍惚を呼び覚ます「空の感覚」が垣間見える。

3　『光の槍』

タイトル『光の槍』はアイルランドを舞台とした「ケルト神話」に登場する太陽神（光の神）ルーが持つ武器「ブリューナク」に由来する。「ブリューナク」とは「貫くもの」という意味。朝吹自身は「宇宙の循環律の中で生成・継起し、明滅し続ける有機交流と因果交流の照明。自然や芸術、そして人間との様々な出逢いの瞬間を貫通する啓示的なことを象徴するものとして『光の槍』を標題とした」ようである。

〈季語の象徴性〉

帰り花柱の傷の低きこと
蒼ざめし兎を抱く聖少女
右肩に残る違和感三鬼の忌

〈重層的交響性〉

陽炎の界面滑る棺かな
永き日の水の廻廊ボレロ鳴る

〈異次元への時空転位〉

水澄むや殺意潜めしピアノ線
河骨や死者の視線を遮りぬ
仲見世の裏側赤き梅雨入りかな

息の根を止めるつもりの氷柱かな

未登記の梅雨の鯰でありにけり

〈発光する時間〉

隠れ家に忘れし時間蛇の衣

この句集の特徴は『青きサーベル』と同様に〈季語の象徴性〉、〈重層的交響性〉、〈異次元への時空転位〉の要諦を押さえながら〈発光する時間〉が加わっていることである。

萬緑の中や吾子の歯生え初むる　草田男
南瓜煮てやろ泣く子へ父の拳やろ　碧蹄館
蒼ざめて叩く木琴明易し　英和

〈発光する時間〉とは存在への慈しみと熱き思いが、自然の活力との交歓によって生命エネルギーが横溢する時間のことである。掲句では草田男、碧蹄館の吾子への率直な慈しみと愛情表現に打たれるが朝吹の句では父親である木琴奏者朝吹英一への思いが季語の時間に流れこんでいる。

吾もまた地に還るもの草青む

人は母親から生まれるが究極的には地球から生まれたともいえる。何故なら生き物はすべて地球の成分で出来ているからである。人間もまた「循環」という長い時間の中で「発光する時間」、つまり一瞬の「光の槍」なのだという思いは季語の「草青む」に同化してその象徴性を高めている。

4 『夏の鏃』

句集のあとがきに夏の精気や音楽の喚起力との交響の中で授かった句を中心に構成をしたこと、時間と空間の制約を乗り越えて飛翔する精神の矢、その貫通力を象徴するものとして「夏の鏃」をタイトルにしたと言及している。

〈季語の象徴性〉

小太鼓にボレロのリズム秋澄めり

冬銀河ガラスの棺流しけり

〈重層的交響性〉

後宮を出たる柩車銀河濃し

点と線炙り出したる炭火かな

短夜の内耳に潜む死のトリル

〈異次元への時空転位〉

大海鼠硯の海に溺れけり

短夜や空の王座に衣の音

向日葵や死は垂直に降り来たる

〈円環的時間構造〉

凪となる人の面影紫蘭咲く

恩師みな天上のひと辛夷咲く

鮎掛けや往きて還らぬもののこと

荒海や佐渡に横たふ天の河　芭蕉

遠景に死や近景に大根干す　碧蹄館

この句集の特徴である〈円環的時間構造〉とは螺旋を描き円環的に巡り行く時間、「輪廻転生」の思想に通底する永劫に反復し巡る時間のことである。

あらゆる生き物は地球から生まれ、再び土に、大気に、海に還る。分子のひとつとして生まれた人間も、出発点に戻る。つまり「循環」という「円環的な時間構造」の中に人間も組み込まれている。

朝吹は地球の星に生きていること、自然の四季の変化と共に自分の足元にこそ「宇宙」が広がっていることを認識している。だからこそ日常の「生命の輝き」としての「夏の鏃」を体現できるのだろう

5『夏の鏃』以後

朝吹は「何故俳句を作るのか」との問いに「異次元時空の旅を体験したいから」と答えている。「自然に生かされている人間、取り分け豊かな四季の恵みを享受して生活する我々の感性や精神は自然によって磨かれる」と述べている。

〈季語の象徴性〉
不機嫌な少女の眉間水涸るる
ハバネラに絡め取られし冬の蜂
〈重層的交響性〉
寒満月喪服のピエロ佇めり
〈異次元への時空転位〉
黒猫と水鉄砲の狭間かな
弔問の途切れし櫻吹雪かな
木枯や砂時計より死の匂ひ
果てしなき死者の点呼や虎落笛
〈円環的時間構造〉
握る手の永遠の温もり花月夜

掲句を読むと朝吹自身の心の「波紋」が伝わってくる。改めて鋭い感性と確かなまなざしから生まれた句に驚いてしまう。朝吹の音楽に対するこだわりは第一句集『青きサーベル』時点から五島高資によって、第三句集『夏の鏃』では石母田星人、仲寒蟬に指摘されていた。朝吹が俳人になった潜在意識において、父親が音楽家であった家庭環境が深く関与しているのかもしれない。

「輪廻転生」こそ円環的時間を根底から支える宇宙観と捉えて、生の歓喜を歌いながら究極の死を潜在意識下に置く点でブルックナーの音楽は朝吹に大きな示唆を与え、俳人の心の中に現在でも重要な位置を占めているといえる。

近作では身体性を伴った「死と再生」をテーマにした句が散見される。掲句にはこれまでの空間と、新しい空間とが混ざり合い、作者の精神が響きわたっているよう

に感じられる。細部のモチーフや言葉を拾うと、「時間と空間」を入れ替える「時空の開放」を感じさせるものが数多くあることに気付く。

掲句の潜在意識の根底にあるのはやはり「生命の輝き」であろうか。眼前の風景が現在の「一瞬」であると同時に「永遠」につらなる「生と死」を超越した時間感覚。訪れ、去り、また還ってくること、親鸞はそれを「往還」と言ったが朝吹は「往還」を繰り返す日常の「永遠の光」を言葉によって摑み取ろうとしているかのように見える。

6　朝吹俳句の哲学

『時空のクオリア』の冒頭に宮澤賢治の『春と修羅・序』の〈心象スケッチ〉の結語が象徴的に載せてある。賢治は〈宇宙の根源的運動〉を〈異世界〉間を行き来する〈光〉の織りなしあいと見做し、あらゆる事象を潜在的には〈光〉の一様態として捉え直そうと考えていた。これは朝吹自身の世界観でもある。つまり俳人としてのブランド哲学ともいえる。この哲学こそが、朝吹の句作の根源にある秘密であり、存在価値といえるのだろう。

東日本大震災後、俳句表現に望まれていることはいま生きてあることの実感と喜びの根拠を表現の深みの中から抽出して他者と交歓し、創造的な「句座」を作り出すことにある。戦争以来の「類の死」を突きつけられた日本人は人口減少、自然災害、戦争危機などの時代背景から孤独や漠然とした不安の度合いが深まり、「無明」の時代に入っているのかもしれない。

次回の朝吹句集では〈異次元時空〉と〈円環的時間〉という核心的な認識と独自のモチーフを深めながらまた新しい「句座」の中で「永遠の青い光」を見せてくれるに違いない。

あとがき

出逢いと別れの連続する人生で遭遇した万物との触れ合いの中で俳句を授かりました。第一句集『青きサーベル』、第二句集『光の槍』、第三句集『夏の鏃』、第三句集以後の作品から三六五句を抄出いたしました。

私は夏が一番好きな季節ですので、三冊の句集は全て夏から始まって四季を巡って夏で終息する構成を取っており、本句集でもそのスタイルを踏襲しています。

身に余る解説をご執筆頂いた長嶺千晶さん並びに松本龍子さんに心から感謝申し上げます。句座を共にして頂いたり、俳句を通じてご厚誼に与った皆様に厚く御礼申し上げます。

平成三十年八月

朝吹英和

発　行　二〇一八年九月二五日　初版発行

発行者　山岡喜美子
発行所　ふらんす堂
〒182-0002　東京都調布市仙川町一ノ一五ノ三八ノ二F
ホームページ　http://furansudo.com/　E-mail　info@furansudo.com

現代俳句文庫　**朝吹英和句集**

TEL　（〇三）三三二六—九〇六一　FAX　（〇三）三三二六—六九一九
振　替　〇〇一七〇—一—一八四一七三
印刷・製本　壷屋製本
定　価＝本体一二〇〇円＋税
ISBN978-4-7814-1103-3 C0092 ¥1200E

現代俳句文庫　既刊一覧

★は在庫あり